Analyse de l'œuvre

Par Natacha Lafond

Des diables et des saints

Jean-Baptiste Andrea

lePetitLittéraire.fr

Analyse de l'œuvre

Par Natacha Lafond

Des diables et des saints

Jean-Baptiste Andrea

lePetitLittéraire.fr

DES DIABLES ET DES SAINTS

UN SOUVENIR D'ADOLESCENT ORPHELIN : UNE QUÊTE INITIATIQUE

- **Genre :** roman
- **Édition de référence :** *Des Diables et des saints*, Paris, Éditions de L'Iconoclaste, janvier 2021
- **1re édition :** 2021
- **Thématiques :** adolescence, orphelinat, mémoire, mal, musique classique, amitié, spiritualité.

Le roman *Des diables et des saints* plonge le lecteur dans les souvenirs de Joseph, un pianiste qui a perdu ses parents dans un accident dramatique alors qu'il était adolescent. Joseph est emmené dans un orphelinat, loin de son univers familial. Le narrateur, plus âgé, se souvient de son enfance et, surtout, de ces mois passés dans un pensionnat. Il est devenu enseignant de piano. Il s'est mis ensuite à jouer dans des lieux publics, comme un mendiant qui rêve de grandes scènes musicales. Il revient sur son passé, pour comprendre comment il est arrivé là.

Le livre s'ouvre sur une phrase, qui joue de la complicité et de l'étonnement du lecteur. Le personnage souffre d'une situation tragique et marginale. Cette fiction autobiographique présente un personnage mystérieux, qui cherche ses « parents » et ses « saints » dans la vacuité qui l'entoure. À quel *saint* se vouer ? Comment combattre le mal et comment reconnaitre le bien ? Des questions lancinantes dans tout le roman, qui invitent le lecteur à le suivre par un *pacte autobiographique* singulier, selon l'expression du critique littéraire Philippe Lejeune.

JEAN-BAPTISTE ANDRÉA

ÉCRIVAIN FRANÇAIS

- **Né en 1971 à Saint-Germain-en-Laye**
- **Quelques-unes de ses œuvres :**
  - *Ma Reine* (premier roman, 2017), roman
  - *Cent millions d'années et un jour* (2019), roman

Écrivain, scénariste et réalisateur, Jean-Baptiste Andréa a grandi à Cannes (Institut Stanislas), avant de faire ses études à l'Institut d'Études Politiques de Paris et à l'ESCP-Europe.

Ses œuvres connaissent un grand succès. Elles sont couronnées de prix réputés dans le milieu littéraire : le Grand Prix RTL-*Lire Magazine Littéraire* 2021, le prix Ouest-France Étonnants Voyageurs, le Prix Livres & Musiques, le Prix Relay des Voyageurs Lecteurs, etc. : plusieurs prix pour ce troisième roman, trois prix pour le premier roman en 2017, publié aux éditions de l'Iconoclaste puis chez Gallimard, dès 2019, dans la collection *Folio* (Prix Fémina des lycéens, prix du premier roman et celui de la Poste), sans oublier le prix Fournier, dès 2018.

En tant que réalisateur, il a travaillé sur plusieurs films, très différents, allant du fantastique au thriller policier, en passant par le burlesque : *Hellphone* (2007), *Dead End* (2007), *Big nothing* (2007) et *La Confrérie des Larmes* (2014).

RÉSUMÉ

LA MÉMOIRE DU DRAME

Le livre s'ouvre sur une adresse au lecteur : « Vous me connaissez », qui annonce le récit de Joseph qui raconte, peu à peu, sa vie pour dire : « vous allez me connaître ». Personnage principal, Joseph est un pianiste, qui a perdu ses parents très jeunes dans un accident, le 2 mai 1969. Cette date centrale, tragique, dans le texte, marque comme une déchirure dans la vie du personnage et dans la composition du texte. Il n'y a pas de titres ni de numérotation des chapitres, peu de données factuelles sur le temps. Les chapitres sont, le plus souvent, très courts, le rythme alerte ; le devenir de l'adolescent se compose au fil de l'importance des souvenirs de l'adulte et de ses impressions. Même si le roman aborde l'introspection de manière chronologique, en suivant le cours des évènements, la progression narrative s'appuie sur de nombreuses ellipses et sur l'implicite. Les faits sont incomplets ; ils sont orientés par le regard de l'adulte sur ce qui lui est arrivé ; son questionnement, lui, traverse toute l'œuvre. À l'affirmation de départ, Joseph répond par une quête d'identité. La fiction autobiographique repose sur un homme original, un artiste, et sur une composition elle-même originale et très variée.

Le début s'ouvre, ainsi, sur l'adulte, le vieux qui évoque sa vie d'artiste rêvée, sur les scènes du monde, et sa vie de retraité, dans les lieux de passage, une vie très dense. Il fait, ensuite, le portrait de ses parents : un portrait élogieux, comme une belle photographie qui se serait arrêtée dans le temps, une autre ère : son père, un modèle d'excellence « en tout » (p. 16), comme en musique, était entrepreneur. Il était marié à une Anglaise, qu'il a rencontrée dès son plus jeune âge. Le narrateur personnage insiste sur sa place dans la famille ; l'enfant était au centre de toutes les préoccupations. Aux côtés de la figure parentale, Joseph évoque le professeur de musique, Rothenberg, très imposant dans son parcours, et son meilleur ami, Henri Fournier, d'une famille très riche. Il est peu question de sa sœur, Inès, une sœur un peu insupportable, mais qu'il n'oublie pas.

Très rapidement, il est question de l'accident, un tournant dans sa vie, la fin de son enfance. Du jour au lendemain, Joseph, âgé de 15 ans, est placé dans un orphelinat du Vercors tenu par des religieux, *Les Confins*. L'arrivée est marquée par la désolation humaine et une vague de désespoir. Il est présenté aux autres orphelins, en suivant un règlement strict, qui semble le protéger de son silence. Il commence par avoir l'impression d'y retrouver du silence : il a perdu ses parents et sa musique. Il ne se remettra à jouer que plus tard, sur un piano de l'orphelinat, qu'il n'approche que peu à peu. L'adolescent est d'abord perclus dans l'observation. Le chapitre qui cite le règlement, tout en italiques, le décrit avec une grande sobriété ; il rend compte de l'état intérieur du personnage, qui a perdu le son, la parole.

LE SILENCE DES *CONFINS*

Puis, le narrateur va évoquer également quelques fugues, signalées par la gendarmerie et par les religieux ; la vie à l'orphelinat est d'abord représentée par un tableau noir, proche de l'emprisonnement. Et, pourtant, au fil des mois, l'adolescent devient plus familier du surveillant, Grenouille, du directeur, l'abbé Sénac, des professeurs et de ses camarades : la vie semble continuer autour de nouvelles figures. Les enseignants sont, pour la plupart, des religieux.

L'adolescent évoque surtout la vie avec ses camarades plutôt que ses enseignements, le retour à la musique, sa vocation, plutôt que son *édification*. Seule la musique traverse le récit, en tant que guide. Ce sont des diablotins autour de Joseph qui ont laissé des traces : ils font les *400 coups,* des pitreries à plus en finir, avec l'ami Souzix, entre autres. Au détour du récit réapparaissent des souvenirs de la période qui précède l'accident, comme le chapitre sur la tourterelle blessée, qui représente sa sœur Inès, morte si jeune. Puis, à nouveau, la vie de l'orphelinat : les enfants sont de plus en plus proches les uns des autres et des surveillants ; l'injonction inaugurale « casse-toi » lancée par Momo, un camarade, à Joseph lors de son arrivée est tempérée par la confiance que leur accorde l'abbé Sénac, entièrement dévoué à son pensionnat, par l'amitié de Grenouille et par l'énergie de Rachid, le sportif. Joseph traverse la solitude, les fugues, l'*école buissonnière* et même la maladie, dans cet orphelinat auquel il est attaché, tout en restant, toujours, confronté à la question de sa vacuité.

Dans un deuxième temps, après quelques mois, la vie a repris son cours, l'adolescent se consacre à nouveau à l'étude du piano, à la musique, et rencontre Rose, une jeune fille qui vient d'arriver à l'orphelinat. Le roman s'arrête assez longuement sur ce personnage, dont la figure a été introduite par les références naïves et étonnantes de Mary Poppins. Rose et Rothenberg illuminent la vie de Joseph. Ses pitreries et ses doutes ne cessent pas pour autant, même s'il retrouve une certaine joie de vivre.

ROSE ET ROTHENBERG, L'AMOUR ET LA MUSIQUE

Le récit relate, ensuite, une nouvelle sortie nocturne entre camarades, sur le toit, ainsi qu'un problème de vol dans l'orphelinat, les bagarres de Joseph avec Danny, surtout celle qui le confronte à la violence physique : la toile de fond est tissée, désormais, autour de Joseph. Un troisième temps fait alterner les chapitres consacrés à Rothenberg, à la progression de la musique, et à Rose, qui occupe sa vie, autant que ses camarades à l'orphelinat, jusqu'en 1970.

Certains chapitres, plus courts, semblent briser le cours de la narration, entre autres celui sur la tourterelle blessée, puis celui du rêve d'un orphelinat *mou*, entouré de murs *mous*, sans plus rien de solide à quoi s'accrocher : le tragique déchire le tissu du texte. L'oubli, qui est évoqué avec une majuscule, pour représenter sa force allégorique, est un diable ou un saint qui n'en finit pas de le travailler. Une question fondamentale pour ces orphelins, qui doivent apprendre à grandir avec une absence qu'ils n'acceptent pas. Ils rêvent d'un autre monde pour leurs enfants. Les enfants et les religieux refont assez souvent le monde dans leurs échanges. Une nouvelle musique semble s'élever, ainsi, tout au long du récit, comme un troisième fil, tendu au-dessus du vide. Le doute et son revers, la foi, un questionnement philosophique, marquent les échanges de ces êtres orphelins par la gravité et la profondeur.

Puis, un grand saut dans le temps, après l'année riche d'évènements à l'orphelinat.

ÉPILOGUE

Les derniers chapitres, où la phrase courte est proche, parfois, de l'art de l'aphorisme poétique, entrecoupé d'un réalisme rebelle, à la Vallès, donnent des informations de façon plus sommaire sur le devenir des principaux personnages du pensionnat, éparpillés aux quatre coins de la France. L'épilogue s'achève, à nouveau, sur la figure du *vieux*, le narrateur adulte, qui joue dans les lieux de passage, dans les gares, etc. Il est démasqué, cruellement dévoilé dans sa *finitude*, son humanité fragilisée. Le lecteur comprend, définitivement, que Joseph ne joue pas sur les scènes prestigieuses, citées comme dans un rêve inaugural de ce qu'il aurait voulu devenir, une vocation brillante, pleine d'espoir. Il joue dans les halls de gare. Pour le plaisir, peut-être. Le mystère plane encore sur ces dernières lignes, par l'importance de Rothenberg et de sa formation, et par le personnage de Rose, une femme prestigieuse. À l'heure orpheline, le désespoir diabolique aurait eu raison de lui, plusieurs années plus tard. La question reste ouverte.

Entre l'enfant et le vieux, il y a Joseph, qui est devenu enseignant de piano, après avoir arrêté de jouer pendant près de deux ans. Il a vécu de sa musique.

ÉTUDE DES PERSONNAGES

JOSEPH, L'ORPHELIN, UN NARRATEUR ET UN PERSONNAGE

Le personnage principal, âgé de 69 ans au début du récit, se souvient de sa jeunesse, alors qu'il traverse les lieux publics en y jouant du piano : le personnage narrateur se présente d'abord comme un pianiste. Véritable leitmotiv dans ce livre, qui s'ouvre sur une phrase musicale, Joseph se rappelle très bien ses leçons de musique et son professeur Rothenberg, un vieux monsieur, qui est un guide spirituel pour lui. Il a beaucoup appris en musique, il a souvent joué, même s'il ne semble pas non plus en vivre dans les premiers chapitres. Son métier n'est réellement présenté qu'à la fin du livre. L'évocation inaugurale est mystérieuse, en renvoyant à ce que représente la musique pour lui. Il joue dans les lieux de passage inhabituels, comme les gares, où on trouve des pianos. Il s'agit aussi d'une image : la musique est partout présente pour lui, il l'emporte avec lui, en voyage et dans sa tête. Artiste à la sensibilité exacerbée par le drame de sa jeunesse, il a appris à observer et à écouter *autrement* ce qui l'entoure, avec une appréhension très fine et plus grave.

Il y a peu d'éléments sur le physique du personnage ; seules les secousses du temps sont évoquées, physiologiquement, par le choix du lexique, le « vieux », qui le désigne au début et à la fin du récit. Il est ramené à son âge, la vieillesse, et à son expérience, son regard de sage, par ailleurs, qui se retourne sur sa vie et sur les hommes. Dans la lignée des autobiographies, fictionnelles ou non, le narrateur personnage désigne ces deux faces taillées par le temps. Le drame de son enfance amplifie la distance entre le présent et le passé.

C'est un être nostalgique, au sens plein du terme : le piano investit tous les espaces, mais aussi le temps : il est celui qui le ramène à lui-même et à son parcours, depuis sa prime enfance. Joseph, ou Joe pour les proches, est au centre du début à la fin, mais aussi à l'extérieur, sur la scène rêvée et dans les gares, entre deux passages : tous les portraits de ses parents, de ses amis, des professeurs et des religieux, qui ont eu de l'importance pour lui dans l'orphelinat, sont toujours vus à travers son regard.

Le passage par l'orphelinat a façonné son caractère, au centre des interrogations du narrateur fictionnel, sans oublier l'auteur Andréa. Joseph est à la même école que les orphelins, dans tous les sens du terme. Orphelin de ses pères, au sens figuré, à son grand âge, il se pose beaucoup de questions existentielles ; il décrit des souvenirs parsemés de ses réflexions d'adulte. En « vieux » sage, selon ses propres termes, autrement dit, en philosophe. Il observe le monde qui l'entoure, sur un ton plutôt impersonnel, tout en menant son récit tambour battant. Il ne sélectionne que ce qui l'a touché, intéressé, marqué : l'introspection du « Je » nostalgique invite pourtant sans cesse à se tourner vers ce vide initial, le vide des pères, du sens existentiel de chacun. La recherche de repères spirituels le ramène à son environnement familier. Il oscille entre le *Je* et le *Il*, comme tout le roman, mêle les croisements allant du passé au présent et de la musique au pensionnat, des parents, de Dieu, des éducateurs, etc. à la figure de l'orphelin, ses pairs.

Artiste nostalgique, à la jeunesse dramatique et plutôt marginale, il est doué, ainsi, d'un caractère grave et sensible, relevant du *cancre rêveur autant que du philosophe en herbe.* Qui des deux a gagné de Joseph, du diablotin ou du saint ? Tout s'est comme joué dès sa prime enfance, par un malheur irrémédiable.

LES GUIDES SPIRITUELS DE JOSEPH : ROTHENBERG, LE PROFESSEUR DE MUSIQUE, ET LES RELIGIEUX

Après les modèles parentaux, d'autres personnages s'imposent aux yeux de Joseph et de son lecteur, ceux qui l'ont éveillé à la réflexion et à la musique. Le narrateur donne une telle importance à ces figures, que sans eux, l'enfant ne se serait sans doute pas interrogé sur son identité ni sur l'existence, avec ses diables et ses saints, le mal et le bien.

Le professeur de musique, Rothenberg, est un homme âgé, qui intervient grâce aux parents de Joseph, par des leçons particulières, qu'il reprend après l'accident. Plutôt savant dans son domaine, il est très exigeant et donne une assise essentielle à Joseph, par son approche de la musique, tant pour la vie que pour l'art musical. Il entretient des échanges importants avec son élève, pendant ses cours. La musique, pour lui, est une leçon de sagesse. « Il était froissé comme du papier, visage, cou, mains, un braille de rides à donner du vertige. J'avais envie de le repasser chaque fois que je le voyais » (p. 19). Il impressionne le jeune garçon par son jeu, son savoir et son approche pédagogique. Comparé à un aigle, il reste inoubliable dans la vie de Joseph et il revient, sans cesse, dans ses pensées.

Les autres figures, avec, à leur tête, l'**abbé Sénac**, le directeur du pensionnat, relèvent de la religion catholique ; ce sont des croyants fidèles, qui se sont consacrés à cet établissement et à ces enfants sans père. Ils essaient, ainsi, d'y enseigner la foi d'un autre Père, le père spirituel, Dieu. L'abbé écoute volontiers ces enfants. Joseph lui confie ses doutes et suit son courrier. Il s'établit une relation de confiance entre l'abbé et les orphelins. Il leur donne des repères dans leur vie désorientée. Mais la sévérité désuète de l'abbé fait l'objet de vives critiques de la part des jeunes : l'éducation à la « cape de pisse » (p. 65), selon l'expression des enfants, est exercée à coups de sifflets et de punitions qui suscitent révolte, indifférence et pitreries. Joseph renie, ainsi, une part de cette édification musicale et spirituelle qui ne l'a mené que dans les halls de gare, en restant sans famille et sans nom. L'image des religieux est, ainsi, à double face.

On y retrouve une critique traditionnelle à l'égard de l'Église et de l'école, nuancée, pourtant, par une réflexion sur l'importance de leur héritage spirituel : si les enfants rebelles rejettent le système, il faut noter que la présence du supérieur est charismatique. L'abbé protège l'enfant et le guide sur la voie du spirituel, par l'importance de ses valeurs éthiques face aux doutes qui submergent, autant chez l'enfant que chez l'adulte.

ROSE ET LES CAMARADES, AMOUR ET AMITIÉS, UNE MERVEILLE ?

Rose, Mary Poppins

Le roman d'adolescence de ce narrateur-personnage raconte également l'apparition de Rose, un personnage initiatique dans sa vie amoureuse. Comparée à Mary Poppins qui surgit avec son parapluie auprès des gens pour chanter une belle chanson, enjoliver le cours de leur vie et amuser les enfants, Rose apparait dans l'orphelinat comme une fleur, à son tour. La référence à ce personnage de cinéma pour enfants, qui est cité avant l'arrivée de Rose, prépare cet effet de merveilleux.

Belle jeune fille issue d'un bon milieu, elle est le premier amour de Joseph, sa rencontre avec une femme. Elle éveille le jeune homme à la sensualité et aux premiers ébats, tout en l'encourageant à jouer de la musique. Fille d'un comte, elle présente Joseph à sa famille, qui est mécène de l'orphelinat et qui l'encadre beaucoup (études avec précepteur à la maison et à Paris). Elle vient très souvent aux Confins, très présente autour de Joseph, même si elle n'existe qu'une année, sans laisser de traces, à la différence des camarades, qui s'étonneront de ne pas les voir mariés.

Les 400 coups des amis

La vie au pensionnat est réglée, par ailleurs, par le rythme des amitiés, les pairs qui sont là du lundi au dimanche, ou presque, toutes les semaines. Ce cercle est important. Chaque enfant est singularisé par un surnom, une habitude, etc. : on peut citer Antoine Loubet alias la Fouine, Edison Diouf le « génie » électronique, Jean-Michel Carpentier alias Souzix, Maurice Noguès alias Momo, Daniel Minotti alias Danny, et Edgar Calmet alias Sinatra. Ce sont des enfants difficiles, rebelles et révoltés contre le système, des pitres, malheureusement souvent trop indifférents à leur éducation ; ils ont du mal à trouver leur place dans la société.

Joseph ne les reverra que peu, à part Momo, même s'il tient à les retrouver, 18 ans plus tard, dans les années 1990, pour avoir de leurs nouvelles, en commençant par Sinatra.

Une merveille initiatique

Pour finir, on peut évoquer le merveilleux pour désigner l'amour et les amitiés, en rappelant les références à l'ascension sur la Lune par Michael Collins et à Mary Poppins. La présence du long passage sur la Lune, à l'arrivée de Joseph dans le pensionnat, peut aussi renvoyer, de manière imagée, à l'entrée dans le cercle de l'amitié. C'est un peu la Lune pour Joseph, que de retrouver une deuxième maison, de même que Rose fait penser à Mary Poppins. Les deux viennent du ciel : l'humour du choix de ces images, qui relèvent du merveilleux enfantin, montre comment l'enfant surmonte le drame et en quoi le *ciel* peut aider. Les deux images invitent à y aller, au ciel, non pour parler de la mort dramatique, mais pour y rencontrer de l'amour, de l'affection et des idées, de l'espoir, voire de l'espérance. Il invite à y réfléchir.

CLÉS DE LECTURE

LES STRATES DU TEMPS DANS UN ESPACE TRAGIQUE

Le livre *Des diables et des saints* repose entièrement sur le souvenir fictionnel de l'adulte ; le trio auteur-narrateur-personnage s'inscrit dans une structure qui joue sur les époques, les perspectives et le point de vue : le narrateur est le personnage à des périodes différentes de sa vie, avec des allers-retours, qui marquent la remontée du souvenir douloureux et la réflexion de l'adulte. Il y a aussi l'adolescent qui se souvient de la période qui précède l'accident : les strates du souvenir sont multiples, notamment grâce à la présence musicale. Le traitement du temps est au centre de la composition de l'auteur Jean-Baptiste Andréa. Le vécu dans le temps détermine le choix des souvenirs importants ; chez l'enfant, seule la chronologie subjective reste vivace. Chez l'adulte, la distance rétrospective et la réflexion ordonnent ce qui reste de sa mémoire subjective. Mais lui aussi fonde ses souvenirs, en partie, sur l'affectif. Si ce livre ne relève pas du tout du monologue intérieur (Virginia Woolf), on est plus proche des autobiographies où l'auteur cherche à comprendre comment il est devenu écrivain ou musicien, etc. (Sartre : 1964). S'il est difficile de s'appuyer sur la célèbre étude de Philippe Lejeune, *Le Pacte autobiographique*, dans cette fiction, on y retrouve des niveaux temporels différents : il ne retrace pas seulement ses souvenirs chronologiquement, il cherche à mieux comprendre qui il est, dans un mouvement introspectif, tout en observant, de manière critique, le monde. Les descriptions et la narration, très dense, héritent des écrivains réalistes plus traditionnels de la fin du XIXe siècle au XXe siècle (Jules Vallès, Jules Renard, Michel Fournier, etc.). On retrouve cette dualité du regard de l'adulte, dans le passage de la présence tragique de l'accident à celle, plus positive, de l'approche spirituelle et artistique : tantôt des faits, de nombreuses aventures familières, tantôt des temps de pause poétique.

Il cherche à savoir comment il en est arrivé là, à sa retraite : un vieux, inconnu, qui joue dans des lieux publics, peut-être dans le dénuement le plus complet, en tous cas, assez modeste et solitaire, toujours frappé par la cruauté de son destin, la perte de ses parents. S'il est sans enfants, il lui reste, pourtant, ses élèves, la musique et son expérience sur le monde. Il cherche aussi à savoir comment il a fait pour surmonter ce drame, et si les autres orphelins l'ont vécu comme lui. L'introspection du narrateur est exprimée par la présence du poétique, qui donne lieu à des impressions littéraires qui s'expriment, comme on le verra, par la musique. Il y a des temps de pause, ainsi, dans la narration, qui s'appuient sur ses émotions, sur le souvenir et ses résonances (voir la deuxième clé de lecture ci-dessous). Ces pauses contrastent avec les chapitres où la description s'ouvre à l'observation critique et réaliste du monde : les « 400 coups » des adolescents, le fonctionnement du pensionnat, etc.

Le sérieux des jeux entre adolescents et l'humour du regard amusé de l'adulte rapprochent aussi le livre des romans d'aventures. Les deux perspectives se croisent et fondent la richesse du roman.

> *Sans savoir que je ne reverrai plus jamais Rothenberg.* (p. 22)
>
> *On ne rit pas impunément de la misère d'un homme.* (p. 26)

Dans la première citation, l'adulte se retourne avec tristesse sur l'enfant qu'il était et sur son destin tragique, tandis que dans la deuxième citation, il se tourne vers ses « pères », qui nourrissent ses réflexions et son éthique, sa philosophie du monde et son combat contre le mal. Le point de vue de l'adulte n'est pas le même dans ces deux phrases ; il s'ajoute aux perspectives temporelles qui font entrer le lecteur dans le passé d'un personnage autant que dans son devenir.

Un espace tragique

Dans un deuxième temps, il serait important d'analyser le lieu principal du livre, un lieu tragique, car tout se joue dans un espace presque unique, clos et éloigné du monde. Pour les orphelins qui ont connu leurs parents, à la différence des orphelins de naissance, répertoriés soigneusement par le narrateur, tout se joue dans l'opposition entre la maison familiale, la maison perdue, et le pensionnat. Certains retrouvent une maison de famille plus éloignée, mais, pour la plupart, ces maisons d'accueil ne représentent pas non plus la maison des origines. C'est la maison des fins de semaine de Rose, par exemple, la première petite amie de Joseph.

Le contraste est plus saisissant avec les lieux publics du début et de la fin du livre. Cette ouverture représente un besoin essentiel et symbolique pour l'orphelin, même si le pensionnat est devenu, jadis, sa maison. C'est à partir de ce lieu fermé au monde, et protecteur, qu'il a reconstruit son monde affectivement.

Les tentatives de fugues, les pitreries de l'adolescent, ainsi que le piano, plus tard, dans les gares, soulignent la part tragique, insurmontable, du pensionnat. Pourtant, tout le récit s'appuie sur une seule année, dans ce lieu : avant 1969 et après 1970, les années s'écoulent très vite, le temps est traité de manière sommaire ; entre les deux, rappelons-le, tout est plus détaillé, comme une vie vécue au ralenti et réfléchie.

Le pensionnat dans le Vercors : une école et une colonie de vacances, pour ceux qui y restent en fin de semaine et, parfois, pendant les vacances. Les enfants y dorment, mangent, jouent, prient, étudient, etc. Les amis y ont une place beaucoup plus importante ; l'épilogue montre ainsi combien le personnage tient à évoquer le parcours de chacun de ses condisciples, même s'il n'arrive plus à retrouver Rose. Chaque adolescent vit avec son drame, « chacun pour soi », selon leur adage, avec sa fêlure personnelle ; ils y sont aussi « chacun pour soi », tous ensemble, au nom d'une amitié exacerbée.

UNE COMPOSITION MUSICALE

Le livre *Des diables et des saints* inscrit la présence de la musique comme personnage (Rothenberg), mais aussi comme structure narrative et comme poétique, dans son style.

Beethoven, un maitre de musique

La leçon de Rothenberg s'appuie, avant tout, sur Beethoven. Tout le récit est placé sous l'égide du musicien et compositeur Beethoven, considéré comme un génie et/ou un fou, tant par la complexité de ses œuvres que par sa surdité de fin de vie, qui ne l'a jamais empêché de composer. La citation musicale, qui est placée en exergue du texte, renvoie à l'œuvre d'un sourd qui entend, pourtant, mieux que ses pairs. Plusieurs œuvres célèbres sont citées pour le piano, l'instrument de Joseph et des compositeurs.

> *Rothenberg n'enseignait que Beethoven. Dans un passé lointain dont il parlait rarement, le grand homme – qu'il appelait par son prénom – lui avait sauvé la vie. Rothenberg avait joué sans instrument ses trente-deux sonates, jour après jour. Les doigts dans l'air, les pieds dans la poussière de Pologne. Il avait joué pour ne pas devenir fou.* (p. 20)

Maitre d'œuvre de la célèbre symphonie du destin et d'une œuvre féconde, Beethoven représente un homme qui défie sa destinée tragique et les combats de la vie. On le désigne comme une force de la nature, un modèle pour Rothenberg, confronté à un sort cruel, dans son pays, comme pour ses élèves, Joseph. Il faut souligner l'importance accordée à la transmission, à l'enseignement de la musique dans ce texte, qui s'ouvre sur les grandes scènes de musique – et les halls de gare –, avant de finir sur un *vieux* anonyme, qui semble mendier dans les lieux publics, alors qu'il est devenu professeur de musique. L'accent est posé sur son passage dans la vie d'un élève, quel que soit son devenir musical : l'éloge de Beethoven et à la musique présente un « saint » confronté à la présence du mal, aux terreurs d'un parcours semé d'embuches, un destin tragique. Si le compositeur a créé de belles œuvres, le pédagogue a formé de futurs pianistes et mélomanes qui font de la musique une leçon de sagesse combattive.

Le rythme en musique et en littérature

Rothenberg considère le rythme comme primordial dans la formation musicale ; il scande ce terme, d'une voix charismatique, comme, dans le corps du texte, le rythme est fondateur. Il commence ses cours ainsi, par porter l'attention sur le rythme du jeu musical, dont dépend l'interprétation d'une partition. Il se met à marcher, pour donner l'exemple, en suivant le mouvement et les images suscitées par la musique. Le rythme est porteur de vie et donne une vue d'ensemble sur la partition, qui évoque un univers imagé. Il est créateur de musique, au-delà des fausses notes qui peuvent exister dans le jeu, tel un compositeur qui maitrise le sens musical au-delà des embuches. Il fait songer à un maitre qui aurait le sens du destin, sur différents *rythmes de vie* pour arriver à la justesse de son interprétation et de son texte.

On peut penser, ainsi, à la longueur des phrases du roman, plutôt brèves, et à la composition du livre, divisée en petits chapitres. Les phrases ne se terminent pas toujours, comme enfouies dans le silence de ce qui ne peut pas se dire, l'indicible tragique et l'ineffable merveilleux. Le silence est pesant pour le personnage et pour le narrateur ; il est, parfois, étouffant. Il est évoqué comme un thème important dans tout le texte, faisant pendant à ces heures musicales. Il évoque le combat du personnage contre le vide provoqué par l'accident, le vide parental. Le texte repose sur des blancs entre les paragraphes et les chapitres, entre des phrases concises, nées du silence de la mort. Ces phrases sont développées à coup de reprises, autour d'un motif initial, qui relève de l'écriture poétique : répétition du motif de la « tourterelle », des couleurs du peintre Van Gogh, du « mou », etc. Dans cette évocation du rythme, il y a une relation, en miroir, entre le mot et le son. L'élève, à son tour, écrit ou/et compose : c'est l'auteur qui écrit, le narrateur qui raconte sa jeunesse et qui transmet l'amour de la musique et, surtout, du destin de Beethoven.

Par ailleurs, il faut citer l'importance de la voix des personnages, dans les portraits et dans les échanges. La voix est déterminante dans le caractère des personnages et dans le paysage. Joseph écoute tout ce qui se passe autour de lui, dans ce pensionnat, où les sifflets *battent le rappel* et sanctionnent les mauvais comportements. Pour le personnage, la musique est le seul lien qui reste à Joseph de ses parents, grâce à l'importance accordée à ces cours de musique, pendant son enfance. Elle lui rappelle Rothenberg et donne vie à son passé. Elle est l'expression subjective de son souvenir et de ses émotions.

Il faut y ajouter l'importance des paysages, autour du pensionnat, des couleurs picturales (avec la référence à *La nuit étoilée* de Van Gogh), et, surtout, des images qui participent à l'élaboration d'une écriture, pour une part, poétique.

L'OUBLI DES PÈRES ET LA MÉMOIRE À L'HEURE ORPHELINE

Le mot « orphelin » est repris dans le roman, comme un fond de toile à ne pas oublier. Plusieurs éléments importants peuvent être retenus dans l'étymologie et l'histoire de ce mot :

- C'est un mot né dans les milieux ecclésiastiques vers 1135, issu du grec *orphanos*, qui signifie « privé de père ou de mère » ou qui désigne les parents ayant perdu leurs enfants, un peu comme Joseph adulte, qui n'a pas eu d'enfants, mais qui s'est construit sur la transmission de la musique à des élèves, sa filiation spirituelle. La part ecclésiastique du terme rappelle le rôle joué par l'Église auprès des orphelins dans l'histoire, comme dans le roman ;

- Connoté négativement, dès l'origine, on le relie à ce qui est « privé de » et à ce qui est « aveugle », tel Joseph face au mal ;

- Par extension, il désigne la perte des êtres chers, et, dans l'argot, un objet privé de propriétaire, notamment dans le domaine de l'apiculture ; on retrouve encore cette idée dans l'argot, car l'orphelin désigne celui qui vit de rapines, un peu vagabond et mendiant, comme l'adulte qui joue dans les halls de gare. Des contestataires ont repris ce sens, en se désignant comme les orphelins de la société (1968) ; il est très intéressant, pour ce livre, de souligner cet aspect plus critique de la société et de l'Église : le narrateur se demande aussi s'il n'est pas orphelin de ses valeurs et de ses Pères, dans une société un peu vaine, et dans un pensionnat désuet, au carcan étouffant ;

- Dès 1861, l'orphelinat désigne l'institution où sont abrités et élevés les enfants privés de soutien familial : l'Église y avait un rôle important, en faisant œuvre de charité ; l'expression « défendre la veuve et l'orphelin », autrement dit, prendre la défense des déshérités et des opprimés (1874), dans l'univers des avocats, même si elle est rapidement devenue ironique, éclaire, à son tour, le roman sur l'univers des orphelins, à qui il donne voix ;

- Au sens figuré, enfin, c'est un être privé de quelque chose et qui tient à cœur ; la chose abandonnée, dans l'argot ; on le retrouve dans plusieurs expressions du XXe siècle, « à l'heure orpheline » ou « maladie orpheline », qui évoque un cas sans référence.

Dans ce texte, le terme s'impose avec toute sa palette de sens, au cœur des interrogations du personnage : l'orphelin est un enfant rebelle, qui s'oppose à ce qui lui arrive et à ce qu'on lui apprend ; privé d'affection, il est privé d'éducation.

Il représente aussi d'autres adolescents. Jules Renard dit, ainsi, dans *Poil de Carotte* : « Tout le monde ne peut pas être orphelin » ; le dictionnaire donne cette citation comme une référence littéraire célèbre pour l'usage du mot « orphelin ». Très significative pour l'analyse, elle permet d'entrer dans le *monde orphelin* représenté par l'auteur. Ce n'est pas uniquement l'heure des êtres marginaux, car tous les enfants sont considérés comme des êtres fragiles.

On ne peut pas parler non plus d'une œuvre contestatrice, mais d'une critique réaliste, qui désigne la complexité de la société et de l'Église de nos jours. Le drame de Joseph concerne les orphelins du pensionnat, en dehors de toute religiosité, mais aussi tous les enfants, confrontés au doute existentiel. Le thème de la mémoire et de l'Oubli est au centre de cette réflexion.

Les orphelins, pourtant, tentent de retrouver un sens pour continuer à vivre dans ce pensionnat ; hantés par la mémoire de leur drame, sans paix dans un Oubli, pour une part bénéfique, ils sont confrontés plus tôt que d'autres adolescents au problème universel du doute face à l'existence, à la mort et à la perte (les *diables*), même si la musique et la mémoire sont aussi riches de souvenirs, qui constituent leur identité (des *saints*).

Comment grandir sans se poser de telles questions ? Que ce soit en tant qu'orphelin, au sens premier, hanté par un accident « diabolique », ou que ce soit en tant qu'adolescent orphelin de valeurs ? La mémoire et l'oubli, comme le rappelle le philosophe Ricœur, sont au fondement de l'être humain et de son évolution : l'importance du poétique et de la musique en est l'expression dans tout le roman. La peinture plus réaliste de l'adolescent joueur ouvre la méditation nostalgique à une réflexion sur la société actuelle et sur ses valeurs spirituelles, la pensée philosophique et éthique.

PISTES DE RÉFLEXION

QUELQUES QUESTIONS POUR APPROFONDIR SA RÉFLEXION…

- Peut-on parler d'un tragique contemporain dans ce roman ? En quoi peut-on parler de ces adolescents comme des *héros prométhéens*, selon l'expression de Jean-Baptiste Andréa ? À quoi reconnait-on leur courage et, éventuellement, leur vanité face à cette destinée ?
- Quelle est l'expression de la religion, du spirituel et du sacré dans ce roman ? Peut-on tirer une *leçon* à partir des pensées et des phrases aphoristiques du livre ?
- Quelle est la part des images et du poétique dans cette fiction autobiographique ? Quelles sont les relations entre la musique, l'image et le mot ?
- Quelle est la part de la liberté romanesque dans ce livre ? Peut-on revenir sur la composition narrative ? Cette liberté est-elle *diabolique* pour le lecteur et peut-elle expliquer le succès de ce roman ? En quoi est-ce un roman qui séduit le public par sa facture ?
- Peut-on préciser le portrait de l'éducation des années 1970 ? Tout est-il rejeté par ces adolescents et par le narrateur ?

- Quelle est l'image de l'amitié dans ce livre ? Quelle est la filiation littéraire de ce thème ? Peut-on penser à des livres de jeunesse spécifiques ?

- La figure de l'orphelin peut-elle aussi constituer un modèle pour les enfants de nos jours ? Pour des citoyens, dans un monde qui aurait perdu ses valeurs ? Quelle est leur différence ?

POUR ALLER PLUS LOIN

ÉDITION DE RÉFÉRENCE

- ANDRÉA J.-B., *Des diables et des saints*, Paris, L'Iconoclaste, 2021.

ÉTUDES DE RÉFÉRENCE

- Entretien sur *France Culture* avec Tewfik HAKEM, le 25 janvier 2021, « Le jeune orphelin est par définition un personnage romanesque, un héros prométhéen ».
- Entretien sur *France Musique* avec Jean-Baptiste URBAIN, le 4 février 2021, « L'art est la capacité à externaliser quelque chose en nous ».

SOURCES COMPLÉMENTAIRES

- BACKÈS J.-L., *Musique et littérature*, Paris, PUF, coll. Perspectives Littéraires, 1994.
- JANKELEVITCH V., *La Musique et l'ineffable*, Paris, Seuil, 1983.
- LEJEUNE P., *Le Pacte autobiographique*, Paris, Seuil, 1975.
- MASSIN B. et J., *Beethoven*, Paris, Fayard, 1967.
- SARTRE J.-P., *Les Mots*, Paris, Gallimard, 1964.
- TUBEUF A., *L'Embarcadère*, Paris, Le Passeur, 2021.

Votre avis nous intéresse !
Laissez un commentaire sur le site de votre librairie en ligne
et partagez vos coups de cœur sur les réseaux sociaux !

www.lepetitlitteraire.fr

ISBN version numérique : 9782808026918
ISBN version papier : 9782808026925
Dépôt légal : D/2021/12603/186

Conception numérique : Primento,
le partenaire numérique des éditeurs.

www.ingramcontent.com/pod-product-compliance
Lightning Source LLC
Chambersburg PA
CBHW071038220925
32964CB00020B/355

9782808026925